# Dominanter Latina-Mitarbeiterin (Interracial)

*Erotic Domination Collection*

Erika Sanders

Titel

Dominanter Latina-Mitarbeiterin

(Interracial)

Von

Erika Sanders

Serie

Erotic Domination Collection

Erstausgabe: November 2020

:Webseiten des Autors
https://twitter.com/ErikaSanders98
/https://www.instagram.com/erikasamanthasanders

# Zusammenfassung

Patrick besitzt einen Frozen-Joghurt-Laden, in dem mehrere Mitarbeiter arbeiten.

Unter diesen Angestellten ist eine junge Mexikanerin, Katy, mit der Patrick schon mehrmals phantasiert hat.

Eines Tages, während sie auf Kunden warten, entsteht ein Gespräch, das Patrick nie vorhergesehen oder erwartet hat ...

**Dominanter Latina-Mitarbeiterin** ist ein Roman mit stark erotischem BDSM-Gehalt und wiederum ein neuer Roman aus der Erotic Domination-Sammlung, einer Reihe von Romanen mit hohem romantischen und erotischen BDSM-Gehalt.

# Anmerkung zum Autor:

Erika Sanders ist eine international bekannte Schriftstellerin, die ihre erotischsten Schriften, abgesehen von ihrer üblichen Prosa, mit ihrem Mädchennamen signiert.

Webseiten des Autors:

https://twitter.com/ErikaSanders98

https://www.instagram.com/erikasamanthasanders/

Kontakt E-mail:

erikasanders98@gmail.com

# DOMINANTER LATINA-MITARBEITERIN VON ERIKA SANDERS

# KAPITEL 1

Ein früher Frühlingsregen traf den Parkplatz und senkte die Temperatur auf ein neues Tief.

Im Eisjoghurtladen teilte Katy einen der runden Tische mit ihrem Chef Patrick Adams und wartete auf Kunden, die wussten, dass sie aufgrund des schlechten Nachmittagswetters selten auftauchen würden.

Die dunklen Gewitterwolken aktivierten die elektronischen Sensoren für die Parkplatzbeleuchtung und brachten etwas Licht in die Dunkelheit draußen.

In dem hell erleuchteten Zelt lächelte Patrick über das leichte Erröten auf Katys Wangen.

"WOW, was liest du, das dich erröten lassen kann?"

"Porno", antwortete Katy und sah ihn direkt an, obwohl ihre Wangen vor Verlegenheit gerötet waren.

Als Patrick lachte, sah er, wie seine Verlegenheit nachließ, als sich seine Augen verengten.

"Was ist daran so lustig?"

Patrick überlegte, wo er anfangen sollte, die lustigen Dinge aufzulisten, die seine Antwort hatte.

Katy Gonzales hatte alles, um sehr unschuldig zu sein.

Ihr fröhliches Auftreten passte zu ihrer dunklen Haut und ihren dunklen Haaren, schwarzen Augen und Sommersprossen auf dem Nasenrücken.

Er stellte sie ein, weil sie fröhlich und eine sehr gut aussehende Mexikanerin war, und das gefiel den Kunden in der Gegend.

Schnell und intelligent lachte sie leicht und behandelte unhöfliche Kunden mit einer Geduld, die man von einem Zwanzigjährigen nicht erwarten würde.

Er hat einmal versucht, ihr einen Gastplatz in einer ihrer Fantasien zu geben.

Er streichelte seinen harten Schwanz und stellte sich ihre nackten Brüste vor, bevor er aufgab und sie durch jemand anderen ersetzte.

Katy Gonzales war zu gut, um in einer seiner masturbatorischen Freuden zu spielen.

"Nun, wie du rot geworden bist", sagte er.

"Also, was trägst du, wenn du es selbst machst? Wahrscheinlich Videos, oder?"

"Normalerweise", sagte sie und fragte sich, ob ihre Wangen auch rosa wurden. "Also, was für Dinge liest du, erotische Romanzen?"

"Hey, du bist noch nicht mal nah dran. Sag mir, welche Art von Porno du gerne siehst und ich sage dir, was ich gerne lese."

In Anbetracht seines Zustands fühlte Patrick eine Aufregung in seinem Schoß, als er sich vorstellte, die Wahrheit zu sagen.

Er würde nicht.

Auf keinen Fall.

"Das übliche Zeug", bedeckte er sich damit und bekam einen anderen stählernen Blick von ihr. "Im Ernst und nur von Mann zu Frau. Jetzt sind Sie dran."

Ihre Antwort überraschte ihn.

"Hauptsächlich erotisch hartes BDSM".

Als Patrick wieder anfing zu lachen, bekam er einen weiteren scharfen Blick, aber er konnte nichts dagegen tun.

Die Idee, dass dieses süße, unschuldige Mädchen etwas Hartes liest, war an sich schon lustig genug, aber BDSM?

Er bemühte sich aufzuhören zu lachen.

"Es tut mir leid. Ich weiß es einfach nicht, ich habe diese Antwort nicht erwartet." Katy schien von ihrem Lachen nicht verletzt zu sein, sie sah wütend aus. Seine Freude ließ nach. "Also, was ist die Anziehungskraft, die dies für Sie hat?"

"Behalten Sie die Kontrolle", sagte er. "Lassen Sie die Leute die Dinge tun, die ich will."

Patrick lachte erneut.

Er mochte Katys Persönlichkeit, aber es war ihre Arbeitsmoral, die Raum für Verbesserungen bot.

Sie war faul, sie zeigte nie ein einziges Führungsmerkmal.

"Wie was?"

"Alles. Alles", antwortete Katy mit einem Achselzucken. Fremde Dinge. Je fremder desto besser. In seinen Augen war ein entfernter Ausdruck zu sehen, als er einen Punkt an der Wand direkt über seiner Schulter betrachtete. Sie schauderte. "Ich denke, es wäre schön, einen echten Sexsklaven zu haben."

"Nun, lassen Sie es mich wissen, wenn Sie Bewerbungen von alten Männern in den Vierzigern annehmen."

Wieder einmal überraschte ihn ihre Antwort.

"Bieten Sie sich an?"

Patrick dachte lange über die schöne mexikanische Brünette nach.

Könnte sie es ernst meinen?

"Was ist, wenn Sie nicht scherzen?" Er hat gefragt.

"Was ist, wenn ich nicht Mr. Adams bin? Wollen Sie wirklich ein Werkzeug ohne Rechte sein, das gezwungen ist, mich ohne das Versprechen der Befreiung anzubeten und alle meine Wünsche zu erfüllen, egal wie krank oder verdreht sie auch sein mögen?"

Er hielt ihren Blick fest, bevor er lachte.

"Nun, wer ist der Joker?"

"Zeig es mir", sagte sie und lächelte nie.

"Zeige, dass?"

"Du hast mich gehört. Wenn du das machen willst, dann lass es uns machen. Zeig es mir. Genau hier. Genau jetzt."

"Du würdest verrückt werden, wenn ich es tun würde."

"Nein, würde ich nicht. Aber ich hätte dich in meinen Dienst aufgenommen."

"Was meinst du mit 'würde'?"

Sie tätschelte seine Hand.

"Sklaven müssen stark sein, Mr. Adams."

"Wollen Sie damit sagen, dass ich schwach bin?" erkundigte er sich und fragte sich erneut, ob es ein Spiel war.

"Ich sage, dass Sie nicht für ein Leben lang im Dienst sind und dass Sie es gerade bewiesen haben."

"Frag mich nochmals."

"Falsche Antwort", lachte er.

Er brauchte einen Moment, um zu verstehen, warum es falsch war.

"Es tut mir leid", sagte er und erkannte, dass es nicht seine Aufgabe war, sie um irgendetwas zu bitten.

"Danke, das ist besser", gab er zu.

Sie legte den Kopf zur Seite und dachte einen Moment lang mit einem halben Lächeln darüber nach.

"Es wird hart für mich und wir können es erneut versuchen."

Patrick spürte, wie seine Willenskraft nachließ.

Sie hatte eine Mitgliedschaft im Fitnessstudio gekauft, in der Hoffnung, Frauen mit höherem Kaliber kennenzulernen.

Drei Monate lang arbeitete er an seinem Körper mittleren Alters.

Er spannte und straffte seinen Körper auf eine Weise, wie es die zwanzigjährige Version von ihm nie getan hatte.

Er war stolz auf seinen neuen Körper und wurde jedes Mal frustriert, wenn er Zeit mit einer anderen Frau in seinem Alter verbrachte.

Er hatte es besser verdient, aber drei Monate nachdem er es getan hatte, war er müde.

Als er auf die Vorderseite seiner Khaki-Arbeitshose schaute, bemerkte er die Anfänge einer Erektion.

"Weißt du, ich werde das wirklich richtig machen?"

"Ich freue mich darauf", sagte sie lächelnd, als ihre Augen zu seinem Schritt flackerten.

"Willst du ins Hinterzimmer gehen?" fragte er und fühlte, wie seine Erektion akzeptable Längen erreichte.

"Nein. Genau hier. Genau jetzt. Steh auf, zieh deine Hose aus und zeig es mir. Wenn du nicht hart bist, ist der Deal aus."

"Was ist, wenn ich es bin?"

Er beugte sich über den Tisch, legte sein Kinn auf seine Handfläche und hielt ihren Blick fest.

"Dann ist es Zeit für dich, für mich zu spielen. Jetzt zeig es mir, Schlampe."

Auf der Abfahrtsseite der vierziger Jahre war er dafür zu alt.

Er wusste es besser als jeder andere.

Er riskierte seinen Ruf und seinen Job.

In ihren frühen Zwanzigern war Katy zu attraktiv und lebhaft, um ihn zu wollen.

Ich wusste, dass dies nur ein Spiel für sie war.

Was wäre, wenn es so wäre?

Das Risiko seiner Zukunft hielt ihn nicht auf, obwohl er Wochen, bevor es geschäftig wurde, ein gutes Teammitglied verlieren könnte.

Aber das Leben besteht aus kleinen Entscheidungen, die im laufenden Betrieb getroffen werden.

Sie arbeitete an ihren Schritten und schnallte ihren Gürtel ab.

Auch der Knopf oben auf ihrer Khakihose und öffnete sie, als er sie ansah.

Katy hielt seinen Blick fest, ihre Augen verließen nie seinen.

Sie griff in seine Unterwäsche und legte ihre Hand auf den langen, festen Stab seiner Männlichkeit.

Er streichelte das Instrument seines Vergnügens und fragte sich, wie er reagieren würde.

Obwohl er nicht mit Pornostar-Proportionen gesegnet war, schämte sich Patrick nicht für seine Länge oder seinen Umfang.

Er wusste, dass er mehr als die meisten hatte und diejenigen mit mehr als ihm waren wenige.

Er ließ den Kopf unten die endgültige Entscheidung treffen und stand auf.

Katys Augen folgten seinen, als sie aufstand.

Patrick sah sich auf dem dunklen, leeren Parkplatz um.

Jemand konnte in der Nähe der Fenster gehen, aber niemand hatte dies in der letzten Stunde getan.

Er zog seine Hosen und Boxer herunter und setzte seinen harten Schwanz der jungen Frau aus.

Sie stand mit den Händen in den nackten Hüften und nickte.

Katys Blick glitt über seinen Körper, bis ihr Blick auf seine geschwollene Männlichkeit fiel.

Das Nicken, das sein Schwanz ihrem Blick gab, war unfreiwillig.

Ihr ernster Gesichtsausdruck änderte sich nie, obwohl er sah, wie sich die Pupillen ihrer Augen weiteten.

Er grinste.

"Jetzt wichst du", sagte sie zu ihm.

"Jetzt hier?"

Ihre Augen kehrten zu seinen zurück, schmal und intensiv.

"Ich habe mich nicht sehr gut ausgedrückt?"

Nachdem er sich den Parkplatz noch einmal angesehen hatte, streichelte er seinen harten Schwanz vorsichtig.

Ja, er war hart, aber war er aufgeregt genug, um schnell einen Orgasmus zu erzeugen?

Er streichelte weiter.

Sie starrte ihn an und beobachtete, wie sich seine Hand mit demselben unvoreingenommenen Gesichtsausdruck bewegte, als würde sie ihm beim Lesen oder Ausfüllen von Papieren zuschauen.

Trotzdem sah sie ihn an.

Er spürte eine Emotion in sich aufsteigen, die ihn dazu veranlasste, weiterzumachen.

Er blickte zurück auf den leeren Parkplatz und sah an ihm vorbei zu den Autos, die durch die Mitte fuhren.

Das war verrückt.

Jemand konnte sehen.

Nicht von der Autobahn, aber wenn sie in die Innenstadt kämen, würden sie es tun.

In dem hell erleuchteten Laden war es für jede Mutter zu sehen, die Besorgungen machte, während die Kinder studierten, oder für Rentner, die zu gelangweilt waren, um fernzusehen.

Was ist mit deinen Nachbarn?

Er arbeitete schneller an seinem Schwanz.

Je früher er kam, desto eher konnte er sich anziehen.

Er spürte, wie seine Aufregung zunahm.

Er war nah dran und kam schneller als erwartet an.

Eine Woche unfreiwilligen Zölibats wirkte sich zu seinen Gunsten aus.

"So nah", murmelte er.

"Komm auf den Tisch", sagte Katy und beobachtete seinen Gesichtsausdruck ebenso wie ihre Hände, die an seinem harten Schwanz arbeiteten.

Es gab einen Hauch eines Lächelns in seinem rechten Mundwinkel und ein Funkeln in seinen blauen Augen, als er seinen Höhepunkt erreichte.

Sein Schwanz explodierte und sprühte seinen Orgasmus in einer lockeren Linie von einem Ende des Tisches zum anderen.

Katys Lachen war nicht die Reaktion, die sie erwartet hatte.

"Es war gut", sagte sie. "Jetzt leck es."

Nachdem ihm ein letzter Schauer des Vergnügens über die Schultern lief, starrte Patrick sie mit großen Augen und hochgezogenen Brauen an.

Er betrachtete sein Sperma, das in einem welligen Strom aus tropfpunktierten Linien und kleinen Pfützen auf dem Kunstmarmortisch angeordnet war.

Er wusste, dass der Tisch sauber war, er achtete genau darauf, sein Geschäft sauber zu halten.

Sein breites Lächeln sagte ihr alles, was sie wissen musste.

Sie glaubte nicht, dass er es tun würde.

Mit ihren Hosen und Unterwäsche immer noch um die Knie, seinen harten Schwanz haltend, beugte sie sich vor und leckte das Chaos, das sie produziert hatte.

Er arbeitete von einem Ende des Tisches zum anderen und testete die Formica-Platte sowie den ausgeworfenen Samen.

Er sah auf und überblickte den Parkplatz und die Haustür.

Niemand hatte es gesehen.

Als er fertig war, zögerte er, bevor er seine Hose hochzog.

"Kann ich mich anziehen?"

"Du lernst schnell", sagte er.

Sie packte seine Eier und beobachtete, wie seine Hand sie einen Moment lang streichelte, bevor sie ihn ansah.

"Wenn wir das tun, besitze ich das. Bist du sicher, dass du das willst?"

"Ja Ma'am."

Sie streichelte seinen immer noch harten Schwanz.

"Geh gegen diese Wand und warte auf mich", sagte sie, als hätte sie sich entschieden.

Patrick hatte seine Hose immer noch um die Knie gelegt und war jedem ausgesetzt, der fahren oder an seinem Geschäft vorbeikommen könnte. Er ging dorthin, wo sie es angegeben hatte.

Hinter der Theke nahm Katy ihr Handy aus der Tasche.

Handys waren während der Arbeitszeit nicht erlaubt.

Sie schaltete es ein, richtete ihre Kamera auf ihn und machte ein Foto, bevor sie sich vor ihn stellte.

"Zieh dich an", sagte er und lehnte sich am Tisch zurück.

Patrick zog sich wieder an und schloss sich ihr an.

Katys Handy zeigte ein Bild von ihm neben dem Logo an der Wand.

Unter dem Bild befanden sich zwei Schaltflächen zum Speichern und Löschen.

Sie stellte das Telefon vor ihn.

"Jetzt deine Wahl. Ein Knopf führt zu deiner Zerstörung. Der andere?" Sie zuckte mit den Schultern. "Ich denke, das andere bedeutet, dass ich gerade eine kostenlose Show bekommen habe."

"Meine Zerstörung?"

Katy bedeckte das Telefon mit ihrer Hand.

"Ich meine es ernst, Mr. Adams. Meine Aufgabe ist es, Ihre Grenzen zu finden und Sie darüber hinaus zu treiben. Je mehr Sie sich winden, desto mehr Spaß macht es mir. Disziplin ist nur ein Teil des Geschäfts. Wenn Sie mich im Stich lassen, werde ich senden." das Foto zur Unternehmenszentrale. "

"Es ist jedoch ein Sexspiel, oder?"

"Für einen von uns wird es sein."

Als sie ihre Hand bewegte, drückte er die Schaltfläche Speichern.

# KAPITEL 2

"Regenschirm ist dein sicheres Wort", sagte er, nahm sein Handy vom Tisch und steckte es in die Tasche.

Er erklärte, was ein sicheres Wort bedeutete, wie er sie die einzige Geliebte nennen würde, wenn sie allein waren, und den Unterschied zwischen dem Leben in der Welt und dem "Sein" der Welt.

"Du lebst in dieser Welt, aber du bist nicht länger seine. Du hast keine Rechte. Niemand sollte von unserer Vereinbarung wissen. Lüge alle außer mir an."

Als er seine Liste mit Anweisungen und Regeln durchging, begannen Patricks Zweifel.

Sie hatte deutlich detaillierter darüber nachgedacht, als er es sich vorgestellt hatte.

Als er fertig war, holte er sein Handy wieder heraus und das Foto von ihm stand vor dem Logo.

Auch hier gab es zwei Möglichkeiten: Erhöhen oder Abbrechen.

"Wenn Sie auf Hochladen klicken, wird es in einem privaten Ordner im Internet gespeichert. Wenn Sie auf Abbrechen klicken, löschen wir das Bild von meinem Telefon und vergessen alles."

Er zögerte, bevor er die Last drückte.

"Du bist eine dumme, verdammte Schlampe", sagte sie lachend und ging zurück zur Theke.

Er nahm an, dass sie ihr Handy weglegte.

Stattdessen brachte sie ihre Tasche zurück zum Tisch und setzte sich.

"Kannst du wieder hart werden?"

"Ja", sagte er, die Vorfreude auf seine nächste Bestellung erregte ihn.

"Gut. Wirf deine Unterwäsche weg, du wirst sie nicht mehr brauchen und lass mich sehen, wie schwer du wieder anziehen kannst."

Patrick erkannte seine mangelnde Auswahl an, zog seine Schuhe aus, zog Hose und Unterwäsche aus und warf seine Boxer weg.

Er saß mit nichts neben ihr und rieb sich wieder den Schwanz.

Es dauerte nicht lange.

"Gut. Zieh deine Hose an, falls jemand reinkommt."

Erleichtert, dass er sich anziehen durfte, zog er seine Hose wieder an.

"Danke, Herrin", murmelte er und benutzte zum ersten Mal seinen neuen Titel.

Unter der plissierten Front war seine Erektion immer noch offensichtlich.

"Hast du eine Kamera auf deinem Handy?"

"Ja, Herrin."

"Gut. Also musst du mir alle fünf Minuten ein Foto von deinem harten Schwanz schicken. Genau alle fünf Minuten. Und nicht ein Foto von ihr durch deine Hose, sondern von deinem nackten Penis, verstehst du?" Sie hielt ihre Handtasche in der Hand, holte ihre Autoschlüssel heraus und stand auf.

Patrick nickte.

"Wohin gehst du?"

"Das kannst du mich nicht mehr fragen, Schlampe."

"Es tut mir leid, Herrin", sagte er und fragte sich, wie er immer noch sein Chef bei der Arbeit sein könnte.

Gilt das noch?

Er durchsuchte das Menü seines Telefons, fand einen Timer und stellte ihn auf fünf Minuten ein.

In Gedanken versunken musste er seine Erektion für sein erstes Foto wiederbeleben.

Gelangweilt ging er durch den Laden und ging auf und ab, bis weitere fünf Minuten vergingen.

Diesmal wartete seine Erektion auf sein Foto.

Er öffnete es, zog seinen Penis heraus, machte das Foto und war damit beschäftigt, es zu verschicken, als sich einige Scheinwerfer über den Parkplatz bewegten.

Er bemerkte, dass er in Sichtweite des Autos war und sein harter Schwanz aus seiner Hose ragte.

Er drehte dem Fenster den Rücken zu, schickte den Text zu Ende und setzte seinen Schwanz wieder ein.

Bei nachfolgenden Warnungen auf seinem Timer blieb er vorsichtig.

Neunmal schickte er Katy Bilder von seinem harten Schwanz.

Nach dem zweiten schickte er den Rest aus der relativen Privatsphäre seines Backoffice, zuversichtlich, dass sie vor neugierigen Blicken sicher waren.

Er machte sich bereit, sein zehntes Foto des Nachmittags zu machen, als sich die Servicetür öffnete.

Er wandte sich von der offenen Tür ab, fummelte an seinem Telefon herum, versteckte seinen Schwanz und ließ sein Telefon auf den Boden fallen, bevor er Katys Lachen hörte.

"Dreh dich einfach um", sagte er.

Er tat es, sein harter Schwanz ragte aus ihrer Öffnung heraus.

Er sah das entzückte Lächeln auf ihrem Gesicht und es fühlte sich gut an, ein Teil von ihr zu sein.

Katy ging um ihn herum und fuhr mit ihren Händen über seinen Körper.

Sie packte seine Brust, drückte seinen Arsch und drückte aus irgendeinem Grund eines seiner Ohren.

Sie stand vor ihm und streichelte seinen harten Schwanz.

Es fühlte sich seltsam an, dass dieser junge Angestellte ihn so innig berührte.

Sie war viele Zentimeter kleiner als er und sah zu, wie er seinen Schwanz rieb.

"Du warst ein guter Junge", sagte er. "Alle fünf Minuten, genau zu der Zeit, haben Sie mir ein Bild geschickt. Das verdient eine Belohnung. Wussten Sie, dass ich gerne Schwänze lutsche, Mr. Adams?"

"Nein Ama", sagte er und sein Schwanz pochte in seiner Hand.

"Mm yeah. Ich liebe das Gefühl eines schönen langen harten Schwanzes zwischen meinen Lippen. Wissen Sie das Beste daran, an einem Schwanz zu saugen, Mister Adams? Das Gefühl, dass er in meinem Mund explodiert. Verdammt, ich liebe dieses Gefühl. Ich Ich werde nass, wenn ich nur daran denke. Wäre das eine gute Belohnung, Mr. Adams? Möchten Sie meine warmen, nassen Lippen um Ihren harten Schwanz spüren?

"Ja, Herrin", sagte er, obwohl er sicher war, dass sein pochender Schwanz die Antwort für sie war.

"Oder vielleicht möchten Sie mich lieber nackt sehen. Möchtest du das, Mister Adams? Willst du sehen, wie ich nackt aussehe? Ich weiß, ich habe keine großen Brüste, aber sie sind frech und meine Brustwarzen sind wirklich lang. Jeder liebt meine Brustwarzen. Magst du die Rasierte Muschi? So halte ich meine schön glatt. Wollen Sie mich nackt sehen, Mr. Adams? "

Er spürte, wie sein Mund trocken wurde.

Hat sie ihn betrogen?

Gab es eine Antwort, die besser war als eine andere?

"Ja, Herrin", wiederholte er aufgeregt von der Idee.

"Hm, was soll ich tun, Mr. Adams? Soll ich Sie absaugen oder Sie mich nackt sehen lassen?"

Sein Bedürfnis war sehr gewachsen.

Er war gezwungen zu wählen und wählte die Antwort, die einen Orgasmus in seinem Mund beinhaltete, für sich.

Sie sah ihn mit hochgezogenen Augenbrauen an und wartete auf eine Antwort auf ihre Frage.

"Ein Blowjob wäre gut, Ma'am."

"Falsche Antwort", sagte sie und rieb sie immer noch. "Möchten Sie es ein zweites Mal versuchen?"

"Sie nackt zu sehen wäre ein Privileg, Ma'am", korrigierte er schnell.

"Das stimmt, es sollte ein Privileg sein, mich nackt zu sehen, aber es ist immer noch die falsche Antwort."

Patrick fühlte sich verloren und verwirrt.

Wie konnten beide Antworten falsch sein?

Sie ignorierte den verwirrten Ausdruck in seinem Gesicht und drängte sich vorwärts.

"Zieh dich aus", sagte sie zu ihm, trat zurück und sah zu, wie er sich auszog.

Er zog alles aus, von seinem Logo-Shirt bis zu seinen Schuhen und Socken.

"Okay, jetzt bück dich und schnapp dir deine Knöchel."

Er tat, was ihm gesagt wurde, und wusste nicht, was ihn erwarten würde, bis es passierte.

Katy verprügelte ihn mit einem der langstieligen Spatel, mit denen die Joghurtmaschinen gereinigt wurden.

Das Werkzeug in Restaurantqualität gab einen lauten Knall von sich, als es von seinem linken Hintern abprallte.

Einen Moment später spürte er den Stich ihres Angriffs.

Sie folgte ihm mit einem zweiten Schlag auf das rechte Gesäß.

Wieder einmal erlebte er eine kurze Verzögerung, bevor sein Körper den Schmerz des Schlags registrierte.

Immer wieder schlug sie ihn, wechselte das Gesäß und die genauen Stellen, bis sich ihr Hintern heiß und brennend anfühlte.

Er zuckte bei jedem Rückschlag zusammen.

Endlich hörte es auf.

"Halten Sie Ihre Augen nach vorne", befahl er.

Er blieb festgefroren und konnte nicht sehen oder erraten, was er tat, bis er es spürte.

Sie drückte etwas gegen ihren Anus.

Ich wusste nicht, worum es ging.

Er vermutete, dass es kein Finger war und sie hatte es irgendwie geschmiert.

Es fühlte sich unangenehm an, aber er war dünn und sie war freundlich, es in ihrem Anus zu bearbeiten.

"Lass es dort oder ich werde dich wieder schlagen", sagte er und löste das Rätsel.

Er hatte den Griff des Spatels in ihren Arsch geschoben.

Als sie ihn losließ, spürte sie, wie er drohte, von ihrem Hintern zu rutschen, drückte ihn und wollte, dass er an Ort und Stelle blieb.

Sie trat vor ihn, packte sein Kinn und drehte sein Gesicht zu ihrem.

Sie löste ein zweites Rätsel für ihn.

"Die richtige Antwort war 'Was auch immer du willst, Herrin.' Sie zog das provisorische Spielzeug aus ihrem Hintern und er hörte, wie sie es in die Spüle warf. "Du kannst nackt bleiben. Ich könnte beschließen, dich später zu belohnen."

"Danke Ma'am", sagte er und fühlte sich verletzlich und ausgesetzt.

Es klingelte und Katy trat vor und ließ ihn zurück.

Er hörte zu, wie sie mit ihrer üblichen Fröhlichkeit mit der Kundin sprach.

In der Hoffnung, dass das in Ordnung war, stand er auf.

Sein Arsch schmerzte, aber sein Schwanz war immer noch hart.

Den Rest des Tages verbrachte er damit, sich im Hinterzimmer zu verstecken.

Am Ende des Tages ging sie nach Hause und brauchte einen Orgasmus und eine Versorgungsliste in der Tasche.

"Ich rufe dich morgen an und wir beginnen dein Training", sagte sie und ließ ihn nackt im Hinterzimmer des Ladens zurück.

# KAPITEL 3

Es war halb zwölf Uhr morgens, als ihr Telefon mit einer Nachricht von Katy klingelte, die nach ihrer Adresse fragte.

Mittags erschien sie auf seiner Vordertreppe.

Patrick hatte seine Liste vervollständigt, seinen Schwanz und seine Eier rasiert und war voller Vorfreude, als er die Tür für sie öffnete.

Sie stand auf dem kleinen Flur, musterte ihn und fuhr mit ihrer Hand über seine Hose über sein rasiertes Fleisch.

Sein Schwanz tanzte um Aufmerksamkeit.

"Bist du in Not?" Sie fragte.

"Ja, Herrin." Er war so.

Er hatte die Nacht und seinen Morgen aufgeregt und hart verbracht.

"Willst du einen Orgasmus?"

"Sein Wille, Herrin", sagte er und achtete darauf, den Fehler von gestern nicht zu wiederholen.

Er sah sie lächeln und bemerkte ihre vorsichtige Antwort.

"Du lernst schnell", sagte sie, packte ihn am Schwanz und führte ihn zu ihrem kleinen Haus.

Es war ihr erster Besuch und sie bekam einen Rundgang durch den Bungalow mit zwei Schlafzimmern und zwei Badezimmern.

Sie schob ihn hinter sich, als sie von Raum zu Raum ging.

Patrick lebte seit seiner Scheidung allein und hielt seinen Raum akribisch sauber.

Sie blieb vor ihrer Kommode stehen.

"Öffne deine Unterwäscheschublade."

Als er die oberste Schublade öffnete, schüttelte sie den Kopf.

"Was ist das?" fragte sie und hielt eine Boxershorts hoch.

"Unterwäsche?" antwortete er verwirrt.

"Habe ich dir nicht gesagt, dass du sie nicht mehr brauchst?"

"Ja, Herrin", sagte er und wand sich.

Sie war seit weniger als zehn Minuten zu Hause und er hatte sie bereits enttäuscht.

"Was für ein Mann faltet seine Unterwäsche?" fragte er, zog jedes Paar Boxer heraus und warf sie durch den Raum.

Sie ließ ihn in ihrem Zimmer stehen und kehrte mit dem Päckchen Wäscheklammern von ihrer Einkaufsliste aus dem Hauptraum zurück.

Er öffnete die Packung mit den Plastikklammern und begann, die regenbogenfarbenen Klammern nacheinander an seinen Bällen zu befestigen.

Der Schmerz war exquisit.

Als er jeden Clip hinzufügte, schaukelte und pochte sein Schwanz.

"Los geht's", sagte sie und lehnte sich zurück, um seine Arbeit zu bewundern. "Zehn Paar Unterwäsche. Zehn Wäscheklammern. Jetzt nimm die Boxer mit deinen Zähnen und wirf sie weg."

Patrick stieg auf alle viere und kroch durch sein Zimmer.

Einer nach dem anderen nahm er ein Paar Boxer mit dem Mund, trug sie zum Mülleimer in der Ecke und ließ sie hinein fallen.

Die Wäscheklammern an seinen Bällen fühlten sich wie Bienenstiche an, aber sein Schwanz blieb hart.

Er war im letzten Paar, als sich eine der Wäscheklammern aus seinen Bällen herausarbeitete.

Alle Hoffnungen, die er hatte, dass sie es nicht bemerkte oder sich nicht darum kümmerte, verschwanden schnell.

"Wertloser Bastard", sagte er und hob den Plastikclip. "Steh auf."

Er hat es getan.

Sie ersetzte die Klammer und fügte jeder ihrer Brustwarzen eine weitere hinzu.

"Warte hier", befahl er und kehrte wieder in den anderen Raum zurück.

Sie drehte es um und band seine Hände mit einem Stück Seil hinter seinem Rücken fest.

Dann wickelte sie einen Schal um seine Augen und blendete ihn.

Mit ihren Händen auf seinen Schultern drehte sie ihn um und lehnte ihn an die Wand.

Er stand und hörte aufmerksam zu.

Er fühlte sie immer noch vor sich.

Wenn ich über seinen Nasenrücken schaute, konnte er seinen harten Schwanz, die Wäscheklammern an seinem Körper und seine Füße sehen.

Sie fühlte etwas Weiches an ihren Zehen und sah ein Paar Höschen auf ihren Fingern.

Einen Moment später wurden sie mit einem BH verbunden.

Sein Schwanz pochte, als er bemerkte, dass Katy sich ebenfalls ausgezogen hatte und hörte, wie sie sich zum Bett bewegte.

Er kämpfte gegen den Drang an, sein Kinn zu heben, damit er sein Bett sehen konnte.

Als er zuhörte, hörte er ihr leises Stöhnen vor Vergnügen und das leichte, feuchte Geräusch von Fingern, die eine Muschi rieben.

Er hörte sie nach Luft schnappen, als ein Orgasmus sie erreichte.

Als sie zwei ihrer Finger in seinen Mund steckte, schmeckte er zum ersten Mal ihr Geschlecht.

"Wenn du bereit bist, mich richtig zu bedienen, bin ich im Wohnzimmer. Zieh die Scheiße aus und mach mit."

Als er über ihren Nasenrücken schaute, sah er, wie sie ihr Höschen und ihren BH aufhob, bevor sie den Raum verließ.

# KAPITEL 4

Wenn er seine Hände bewegte, war es für ihn leicht, die Arbeit, die sie getan hatte, rückgängig zu machen, indem er seine Handgelenke verprügelte.

Es war interessant für ihn, dass sie ihn nicht fester gefesselt hatte.

Mit freien Händen entfernte er die Augenbinde.

Die offene Packung Wäscheklammern lag immer noch auf ihrem Bett.

Er entfernte die zwölf Pinzetten, die er trug, steckte sie wieder in die Tasche und ging in den anderen Raum.

Er fand Katy nackt am Esstisch, wo er die Vorräte auf seine Liste gesctzt hatte.

Ihr fester kleiner dunkler Hintern war so gebräunt wie ihr Rücken.

Sie drehte sich um, als sie ihn hörte.

"Du siehst gut aus", sagte er lächelnd.

"Danke, Herrin", sagte er.

Sein Schwanz pochte, als er es genoss, sie so schön nackt zu sehen.

"Tun die Eier weh?"

"Ein bisschen", gab er zu.

"Entspann dich", sagte er und öffnete ein paar Päckchen. "Das soll Spaß machen, erinnerst du dich?"

Er wollte fragen, wer, aber er schwieg.

So viele Spielsachen, überlegte er.

Als sie ihn ansah, tranken ihre Augen von der Schönheit seines nackten, jungen Körpers.

Er bewunderte ihre festen und frechen Brüste und die langen, harten Brustwarzen, die stolz aus diesen Zwillingswellen herausstanden.

Unter ihrem flachen Bauch sah er, dass sie rasiert war.

Ihre Muschi schien von ihrem letzten Orgasmus geschwollen zu sein.

"Hast du hier etwas zu essen?" fragte sie, drehte sich um und ging in ihre Küche.

Sie öffnete ihren Kühlschrank, als wäre es ihr.

Sie stellte zwei Tassen Joghurt beiseite und kramte in den Küchenschubladen, bis sie zwei Löffel fand.

Er zog an einem und hielt ihn vor seinen Schwanz.

"Masturbieren", sagte sie zu ihm.

Bedürftig begann Patrick seinen Schwanz zu streicheln.

Sie sah ihn zufrieden an.

"Fick dich heiß", sagte er.

Als sich ihr Orgasmus näherte, richtete sie ihren Schwanzkopf auf den offenen Joghurtbehälter.

Ihr musste nicht gesagt werden, dass sie hier ihren Orgasmus wollte.

Die Kraft ihres Orgasmus rührte den Joghurt.

"Gut", sagte sie und rührte den Joghurt um, bevor sie ihn mit dem Löffel in der Tasse überreichte.

Er nahm den anderen von der Theke.

"Mach weiter. Genieße", sagte er und löffelte den Joghurt, ohne ihn zu rühren, in seinen Mund.

Patrick aß sein, bewusst, dass er gleichzeitig sein Sperma aß.

Er war gedemütigt und aufgeregt von der Idee.

Katys Augen tanzten so offen über ihn, wie seine Augen sie absorbierten.

"Wie ist der Joghurt?" Sie fragte.

"Gut", sagte er, nicht sicher, ob er das Sperma probiert hatte.

"Wie lange wird es dauern, bis du wieder hart wirst?"

"Ich weiß nicht", gab er zu.

Sein Schwanz hatte seine Festigkeit verloren, aber er war immer noch fett und sah voll aus.

"Ich werde dich foltern, bis du wieder hart bist", sagte er, bevor er einen weiteren Löffel Joghurt zwischen seine Lippen schob.

Er fragte sich, ob sie noch aufregender aussehen könnte.

"Wie du willst, Herrin", antwortete er und erlebte eine seltsame Mischung aus Angst und Emotionen.

# KAPITEL 5

Sie trank ihren Joghurt aus, fand ein hohes Glas in ihrem Schrank und füllte es mit Wasser.

Er erkannte, wie er den Wasserfilter eingeschaltet hatte, bevor er das Glas füllte.

Er gab es ihr und sie sagte ihm, er solle trinken.

Nachdem er das Glas Wasser geschluckt hatte, füllte sie es wieder auf.

"Nochmal."

Sie brauchte länger, um das zweite große Glas zu trinken.

Er füllte das Glas zum dritten Mal.

"Nehmen Sie sich Zeit", sagte er, "es ist kein Rennen."

Er nahm einen Schluck Wasser und fühlte sich von den ersten beiden Gläsern aufgebläht.

Sie saß am Tisch und nahm das dünnste Seil auf ihrer Liste.

Es war ein Viertel Zoll Nylon.

Mit einer Schere schnitt er einen Meter lang und öffnete dann eine Packung Feuerzeuge.

Er wickelte das abgeschnittene Ende des Seils vorsichtig über die Flamme und verschmolz die Fäden miteinander.

Patrick war fasziniert.

Sie bewegte ihn näher und wickelte eine Seilschlaufe um seine Eier.

Während er zusah, machte sie eine einzelne Spule, führte das abgeschnittene Ende durch die Spule, um die Länge der Schnur und zurück durch die Spule.

"Es heißt Bowline-Knoten", sagte er zu ihr. "Es ist aus zwei Gründen gut. Erstens, weil es leicht zu lösen ist. Zweitens, wenn es fertig ist, wird es nicht fester."

Sie spannte das Seil um die Oberseite ihres Ballbeutels und beendete den Knoten.

Es war eng, aber es unterbrach den Kreislauf nicht.

"Siehst du?" Sie fragte.

Als sie am Seil zog, musste er sich auf sie zubewegen.

Er machte eine zweite Bogenlinie am gegenüberliegenden Ende des Seils und bildete eine zweite Schleife.

Er zuckte zusammen, als sie am Seil zog.

"Perfekt. Jetzt dreh dich um und beuge dich vor, ich habe darauf gewartet, diesen bösen Jungen zu testen."

Bevor sie sich umdrehte, sah Patrick, wie sie die Lederschaufel aufhob, die auf ihrer Liste stand.

Einige der Punkte auf seiner Liste erforderten einen Besuch in einem Fachgeschäft in einem unappetitlichen Teil der Stadt.

Das Geschäft bot vor allem Tätowierungen, Piercings, eine vollständige Reihe von "Tabak" -Accessoires und einen Bereich nur für Erwachsene mit einer großen Auswahl an "Ehe" -Hilfen an.

Zusammen mit der erwarteten Auswahl an Vibratoren, Dildos, Steckern und Schmiermitteln gab es einen ganzen Abschnitt, der Peitschen, Ketten, Schaufeln, Lederaccessoires und anderen Gegenständen gewidmet war, die ihn genauso entsetzt hatten, wie es ihn angemacht hatte.

Nachdem er einen Tag lang von Katy gehänselt worden war, fand er es sehr aufregend.

Dort fand er das Seil, die Kelle und viele andere Dinge, die auf dem Tisch lagen.

Katy schlug ihn mit der Schaufel und schlug ihn immer wieder, bis sein Arsch heiß wurde wie gestern.

Die Schaufel bedeckte beide Pobacken, obwohl sie ihr Ziel demonstrierte, indem sie zwischen ihnen wechselte.

Sie kicherte während sie arbeitete und als sie aufhörte, brannte ihr Hintern und war zart.

"Bist du schon hart?"

"Nein Ama", berichtete er.

Sie schlug ihn erneut.

"Trink noch etwas Wasser, ruhe dich aus und wir werden es in ein paar Minuten noch einmal versuchen."

Er stand am Tisch und sah zu, wie sie dickere Seile maß.

Nachdem er verschiedene Längen geschnitten hatte, schmolz er die Enden, bevor sie ausfransen konnten.

"Mit Streichern zu arbeiten ist eine Kunst." Sie sprach über Webseiten, die der Praxis gewidmet waren und wie sie mit ihrer Freundin übte. "Ich habe das noch nie betrogen, und wir haben nur mit einer Saite gespielt", erklärte er. "Sie ist nicht sehr gut im Binden, aber sie war so freundlich, mich üben zu lassen. Und ich denke, sie hat es gemocht."

Sie hob ihre Seile auf und zog einen Stuhl vom Tisch ins Wohnzimmer.

Er ließ Patrick auf dem Sitz auf Brust und Bauch liegen.

Sie arbeitete schnell mit den Seilen, band ihre Handgelenke an zwei Beine und tat dasselbe mit ihren Knien, wobei ihr Rücken ihr ausgesetzt blieb.

Sie kniete vor ihm und bot ihm einen Drink aus ihrem Glas Wasser an.

"Trink", sagte sie zu ihm und schüttete das Wasser schneller aus, als er trinken konnte.

Er bewegte sich hinter ihm und zog an dem Seil, das immer noch an seinen Bällen hing.

Patrick war machtlos, sie daran zu hindern.

"Bist du schon hart?"

"Keine Herrin", sagte er und fragte sich, wie er hart werden könnte, wenn sie ihn verletzen würde.

"Ah, das ist sehr traurig", sagte er und kehrte zum Tisch zurück, um sich eine Schaufel zu schnappen.

Sie gab ihm ein paar Schläge und erholte sich schnell von den stechenden Schmerzen ihrer vorherigen Prügelstrafe.

"Wie wäre es jetzt?"

"Keine Herrin", wiederholte er hilflos.

"Vielleicht hilft das."

Patrick spürte, wie ein Finger in seinen exponierten Hintern stieß.

Sie drückte so tief sie konnte.

Er zog seinen Finger heraus und tat es erneut mit einem zweiten Finger.

Sie drehte ihre Finger, streckte und schmierte ihn.

Sie ersetzte ihre Finger durch einen Butt Plug.

Sie griff zwischen seine Beine und streichelte seinen Schwanz.

Seine Finger waren immer noch rutschig vom Schmiermittel.

Sie rieb es, bis sein Schwanz wieder hart war.

"Viel besser", sagte er.

Sie stand vor ihm und nahm ihre Kleidung vom Sofa, auf dem sie sie gelassen hatte.

Sie zog es an.

Sie blieb stehen, um ihm noch einen Schluck Wasser zu geben, und tätschelte ihm den Kopf.

"Geh nirgendwo hin", sagte sie und er hörte sie gehen.

# KAPITEL 6

Patrick wusste nicht, wie lange er mit dem Butt Plug in seinem Arsch am Stuhl gefesselt war.

Er nahm an, dass es eine halbe Stunde dauerte, aber er hatte keine Möglichkeit, die Zeit zu messen.

Er versuchte zu zählen, die Zeit zu markieren, fand es aber schwierig, es konsequent zu tun.

Er zählte langsam und erreichte 622 Mal, aber er wusste, dass er noch zweimal die Zählung verloren hatte, als er dachte, sie würde bald zurück sein.

Und er war sich nicht sicher, wie lange er gewartet hatte, bevor er anfing zu zählen.

Irgendwann war er sich sicher. Fünf Minuten? Zehn?

Ihr Arsch schmerzte von der Tracht Prügel.

Sein Schwanz blieb geschwollen.

Scheiße, sie war so hübsch.

Wo war sie?

Wann würde ich zurückkehren?

Hast du wirklich Krawattenspiele mit deiner Freundin gespielt?

Welche Freundin?

Haben sie sich abwechselnd so gefesselt?

Er fing wieder an zu zählen.

Als er dreihundert erreichte, entschied er, dass es noch fünf Minuten waren.

Er war abgelenkt von der Notwendigkeit zu urinieren.

War es das, worum es im Wasser ging?

Er begann wieder zu zählen, zuerst von dreihundertein und entschied dann, dass es keine Rolle spielte.

Er startete das Konto erneut von einem.

Patricks Nase juckte.

Er bewegte es so gut er konnte.

Was wäre, wenn ihm etwas passiert wäre?

Wer würde es so finden und wie lange würde es dauern?

Er konnte schreien, aber noch nicht.

Er begann laut zu zählen.

"Eins zwei drei ..."

Es traf wieder sechshundert.

In besorgten Gedanken versunken erkannte er, dass er nicht mehr schwer war.

Verdammt, er konnte nicht zulassen, dass sie ihn so fand.

Er wollte, dass sein Schwanz nachwuchs.

Er stellte sich Katys nackten Körper, ihren hübschen Hintern und ihre frechen Titten vor.

Verdammt, er musste pinkeln.

Ihre Brustwarzen waren so fett und groß.

Wie hast du sie versteckt, als du bei der Arbeit warst?

Er lachte und stellte sich vor, wie sie durch die Tiefkühlabteilung eines Lebensmittelladens ging.

Verdammt, das wäre eine großartige Show!

Als er wieder anfing zu zählen, bewegte er seinen Schwanz mit jeder Nummer.

Teilweise, weil er urinieren musste und teilweise, um hart zu bleiben.

Er näherte sich hundert, als er hörte, wie sich die Haustür öffnete.

"Ah, du hast auf mich gewartet", sagte er. "Bist du immer noch hart, hoffe ich?"

"Ja, Herrin", sagte er erleichtert, sie zu hören.

Katy löste die Seile.

"Nun, steh auf, schüttle es ab und lass uns einen Blick darauf werfen."

Obwohl die Seile seinen Kreislauf nie behinderten, brauchte er dennoch einen Moment, um auf die Beine zu kommen.

Sein harter Schwanz hob sich stolz.

"Mm, das sieht gut aus", sagte er und rieb es.

Sie aß einen Apfel.

"Willst du etwas?" Sie fragte.

Sie rieb den Apfel an seinem Schwanz und seinen Bällen, bevor sie ihn ihm zum Beißen anbot.

Jedes Schmiermittel, das auf ihm war, muss von seinem Schwanz absorbiert worden sein, aber die Symbolik ging ihm nicht verloren.

"Durstig?" fragte sie und rieb den Apfel wieder an seinem Schwanz, bevor sie einen zweiten Bissen nahm.

"Nein, Herrin. Ich muss pinkeln."

"Es tut uns leid?"

"Entschuldigung, ich kann warten."

"Hier, trink etwas Wasser", sagte sie und reichte ihm das Glas.

Er nahm einen Schluck.

"Ah, du kannst mehr als das trinken", beharrte er.

Er nahm noch einen Schluck.

"Komm schon, ein bisschen mehr."

Sie benutzte die Schnur an seinen Bällen als Leine, führte ihn in die Küche, drehte das Wasser auf und füllte sein Glas.

Das Geräusch von fließendem Wasser erhöhte seinen Harndrang.

Sie lächelte, als er sich windete.

"Irgendein Problem?"

"Ich muss wirklich gehen", gab er zu.

"Es tut uns leid?" sie fragte und ließ das Wasser laufen.

Er nickte.

Sie gab ihm das Glas und sagte ihm, er solle wieder trinken.

Als er an dem Wasser nippte, öffnete sie den Gefrierschrank, holte ein paar Eiswürfel heraus und warf sie ins Glas.

Sie zog an seiner Leine und führte ihn zurück in ihr Wohnzimmer.

"Ich werde Ihre Hilfe in dieser Position brauchen", sagte er.

Sie ließ ihn sich auf den Boden legen, sich zusammenrollen und seine Knie auf den Kopf legen, als wäre er mitten in einem Salto gefangen.

"Perfekt!" sie sagte es ihm und streichelte seinen Arsch.

Sie machte es ihm leichter und lehnte ihren Rücken gegen die Vorderseite ihrer Couch.

Während die Position unangenehm war, war es nicht unangenehm.

Sie bewegte den Stuhl nahe an seinen Kopf, peitschte seine Knie und verriegelte ihn.

Lächelnd streichelte sie den Boden seiner Eier.

"Gemütlich?"

"Nicht wirklich", sagte er und machte sich Sorgen, dass sie ihn so verlassen würde.

"Ah, aber das macht so viel Spaß", sagte sie und zog das Spielzeug aus ihrem Hintern.

Sie kehrte zum Tisch zurück und kehrte mit einem langen, dünnen Dildo und mehr Gleitmittel zurück.

Er trug ein wenig Gleitmittel auf das Spielzeug auf und schob es in ihren Arsch.

"Sehen Sie? Ist es nicht lustig?"

Patrick antwortete nicht.

Sein Schwanz war hart, zeigte direkt auf ihr Gesicht und er musste immer noch pinkeln.

Sie schob das Spielzeug auf und ab, als würde sie Butter mischen.

"Komm schon, gib zu, dass du das magst."

Da er es nicht tat, runzelte sie die Stirn.

"Ich wette, ich kann dich auch so schlagen." Sie stand auf, nahm die Schaufel und schlug auf seinen zarten Arsch. "Das ist besser?"

"Liebt nicht".

"Aber ist es nicht das, was du wolltest? Du hast gesagt, du wolltest kontrolliert werden, oder?"

"Ja, Herrin."

"Gebraucht. Gedemütigt. Missbraucht?"

"Ja, Herrin."

"Gebunden, ignoriert oder was auch immer du sonst tun willst, oder?"

"Ja, Herrin."

"Gut. Musst du noch pinkeln?"

"Ja, Herrin."

"Wie viel willst du?" fragte sie, hob das Glas Eiswasser und stellte es auf den Boden ihres Beutels mit Bällen.

"Viele", sagte er und zwang sich, den Fluss zu stoppen.

"Dann mach weiter", sagte er mit einem breiten bösen Grinsen im Gesicht.

Patrick kämpfte gegen den Drang in seinem Körper an und bereute alles.

Wenn er jetzt pinkelte, pinkelte er auf sein Gesicht und seinen Teppich.

Sein sicheres Wort kam ihm in den Sinn und bewegte sich zu seinen Lippen.

"Hör auf ...", sagte er und machte eine Pause, bevor er etwas anderes sagte.

"Ja?" sie fragte und sah jetzt so entzückt wie immer aus. "Habe ich dich schon gebrochen?"

Sie bewegte das Glas um seine Eier und neckte ihn mit ihrer kühlen Nässe.

Sie spritzte ihm etwas Wasser ins Gesicht.

Aus der Küche hörte er immer noch das Wasser aus dem Wasserhahn fließen.

"Vielleicht hilft das stattdessen?" sie fragte, packte seinen Schwanz und streichelte ihn. "Wenn du auf deinem Gesicht abspritzt, werde ich dich vielleicht losbinden, bevor du dich selbst pinkelst."

Patrick wünschte, es wäre so einfach, aber diese Brücke wurde bereits von seinem Körper überquert.

Sein Bedürfnis war es, seine Blase zu befreien, nicht seine Eier.

"Bitte Herrin", bettelte er.

"Ihr sicheres Wort ist 'Regenschirm'", erinnerte er sie. "Sag es und ich werde dich losbinden. Sag es und das ist alles vorbei."

Patrick stöhnte.

Er würde es nicht sagen.

Konnte nicht.

Sie würde nicht gewinnen.

"Fick dich", sagte er.

"Oh falsche Antwort", sagte sie und goss das Eiswasser über ihn.

Eiswürfel prallten von seinem Gesicht ab, als Wasser gegen ihn spritzte.

Sie lachte.

"Ich bin sehr geduldig", sagte er.

Er stellte das Glas beiseite und begann, sich auszuziehen.

Nackt setzte sie sich auf ihn.

"Das ganze Gerede über das Urinieren hat mich dazu gebracht, es zu wollen."

Er hob das Glas, hielt es zwischen seine Beine und ließ seine Blase los.

Er sah zu, wie sich das Glas mit seinem Urin füllte.

Er hörte das Plätschern.

Es war zu viel für ihn.

Er urinierte und bespritzte sein Gesicht mit dem warmen, feuchten Strom.

Warmer Urin spritzte in ihren Mund und in ihre Nase.

Als er nach Luft schnappte, brachte er sie zu seinem Mund.

Unfähig anzuhalten, zu verlangsamen oder den Fluss zu kontrollieren, gelangte er in ihre Augen und Haare, und als sie versuchte, ihren Kopf von ihm wegzudrehen, in ihre Ohren.

Das Schlimmste war, als es seine Nase hob und ihn zwang, nach Luft zu schnappen und sie aus seinem Mund zu spucken.

Seine Strömung nahm ab, bis der letzte schwache Teil seines Bedürfnisses seinen Hals und seine Brust besprühte.

Lachend drehte Katy ihr Glas um und pinkelte auch darauf.

# KAPITEL 7

Seine geschickten Finger lösten die Krawatten um ihre Knie.

Sie erlaubte ihm, sich abzuwickeln, hielt ihn aber flach auf dem nassen Teppich.

Ihre Hände führten ihn, als er seine Augen vom Urin auf seinem Gesicht geschlossen hielt.

Sie drehte ihn herum, legte sich hin und fühlte, wie er auf ihrem Kopf kniete.

Er sah hinüber und sah, dass sie sich auf seinen Kopf setzte.

"Öffne deinen Mund", sagte sie und drückte ihre Muschi gegen sein Gesicht.

"Wow, ein bisschen mehr", sagte er und spritzte einen letzten Urinstrahl in seinen Mund, bevor er ihn gegen sein Gesicht rieb.

Er lag in einer Urinlache, aß ihre Muschi, leckte und saugte an ihrem Kitzler und ihren nackten Lippen, während sein Schwanz mit einem anderen Bedürfnis pochte.

Gedemütigt, beschämt, nass und schmutzig, sehnte sie sich immer noch nach einem Orgasmus, den nur sie zulassen konnte.

Lachend und schreiend kam sie.

"Verdammt, Mr. Adams, Sie sind gut darin!"

Immer noch geblendet vom Urin in seinem Gesicht, half sie Patrick auf die Beine.

Sie zog die Schnur um seine Eier, führte ihn ins Badezimmer und half ihm über den Rand der Wanne.

Sie drehte das Wasser auf und ließ ihn hinter dem Plastikduschvorhang zurück.

Er duschte, trocknete ab und fand sie mit angezogener Kleidung im Esszimmer sitzend.

Als sie ihn ausrief, löste sie das Seil um seine Eier und wies darauf hin, dass sein Knoten selbst bei Nässe leicht zu lösen war.

"Du hast gute Arbeit geleistet", sagte sie und hielt seine Hüften fest. "Das ist deine Belohnung."

Sie streichelte seine rasierten Eier, saugte an seinem Schwanz und gab ihm den besten Blowjob, an den er sich erinnern konnte.

Er warnte ihn, bevor er kam, falls er nicht gerne schluckte.

Einige Frauen zögerten, aber sie hörte nicht auf.

Aber nachdem er gekommen war, stand sie auf, brachte sein Gesicht nahe an ihr und küsste ihn tief.

Als sie sich küssten, schob sie ihren Orgasmus von ihrem Mund zu seinem.

# KAPITEL 8

Nachdem sie gegangen war, zog er sich an und stellte einen Teppichreiniger ein.

Das Erfordernis, so oft wie möglich nackt zu sein, war einfacher als der Versuch, ständig hart zu sein.

Aber nach ihrem gemeinsamen Nachmittag fand er beide Dinge einfach.

Die Vorstellung seiner nackten Katy erregte ihn.

Sein Gefühl der Eigenverantwortung würde ihn bald in Schwierigkeiten bringen.

"Wer bin Ich?" Katy fragte ihn, wann er zur Arbeit komme.

Es war das zweite Mal, dass er die Frage gestellt hatte.

"Meine Herrin", antwortete er erneut, obwohl ihn Zweifel ergriffen hatten.

"Nehmen Sie den Job an", forderte er.

Er ließ seine Hose fallen, beugte sich vor und legte ihr seinen nackten Hintern frei.

Sie benutzte wieder einen der Spatel aus dem Laden.

Nachdem sie beide Pobacken rosa gefärbt hatte, fragte sie ihn erneut.

"Wer bin Ich?"

"Katy MariaGonzales? "versuchte er.

"Scheiße, du bist eine dumme Schlampe", sagte sie und schlug ihn erneut.

Katy hatte ein System, um seinen Arsch zu verprügeln.

Sie wechselte ihr Gesäß und andere Stellen ab und erzeugte ein gleichmäßiges, stechendes Gefühl von ihren Oberschenkeln bis zu ihrem unteren Rücken.

Seine erste Serie von Schlägen hatte gestochen.

Die zweite Serie setzte ihn in Brand.

"Hier ist dein Hinweis. Du warst das erste Mal näher. Jetzt sag mir, wer bin ich?"

"Liebt Katy?" Er versuchte es erneut.

"Verdammt, du warst so nah!" sagte sie und schlug ihn noch mehrmals auf jedes Gesäß. "Wer bin Ich?"

"Herrin, bitte", bettelte er. "Ich weiß nicht."

"Nein, weißt du", sagte er und warf den Spatel in die Spüle. "Du hast es gerade gesagt. Ich bin Herrin. Ich bin NICHT deine Herrin. Ich bin Herrin für wen auch immer ich will. Meister und nur Herrin, verstehst du mich?"

"Ja, Herrin", sagte er.

Katy schlug sich ins Gesicht. ""

Steh auf. Lass mich dich anschauen Bist du hart? "

Patrick richtete sich verängstigt auf.

Es war schwer gewesen.

Er war hart, als sie zur Arbeit kam, aber während der Brutalität ihrer Prügel war seine Erektion verschwunden.

Sein Schwanz wollte hart sein, aber sein Körper fand es schwierig, die mit einem schmerzenden Hintern vermischten Botschaften zu lösen.

Sein Schwanz ragte direkt aus ihrem Körper in dieser Halbmastposition zwischen einer vollen Erektion und zu weich, um benutzt zu werden.

Sie sah auf seinen Schwanz hinunter.

"Was wäre, wenn ich jetzt ficken wollte? Könntest du mich damit ficken?"

"Ja, Herrin", versicherte er ihr, die Idee löste die Verwirrung in seinem Gehirn.

Sein Schwanz versteifte sich.

"Willst du einen Orgasmus?"

"Ihr Wille, Frau." Patrick weigerte sich, auf ihre Fallen hereinzufallen.

"Ja, mein Wille", stimmte sie zu und griff in ihre Tasche nach ihrem Handy.

Er berührte ein paar Bildschirme.

"Wenn ich will, gibst du mir jetzt einen Orgasmus?"

"Ja, Herrin."

"Sie haben also sechzig Sekunden Zeit", sagte er, tippte auf sein Telefon und zeigte ihm den Timer.

Patrick arbeitete schnell und hart an seinem Schwanz und kämpfte in der erforderlichen Zeit um den Orgasmus.

Es geschah nicht.

"Oh, es tut mir so leid", sagte Katy lächelnd. "Besseres Glück beim nächsten Mal."

Er hob den Spatel und streichelte sie noch sechs Mal, bevor er sie anziehen ließ.

# KAPITEL 9

Das nächste Mal war es eine Stunde später.

"Bist du immer noch hart für mich?" sie fragte, als sie mit der Pflege einer alten Frau und ihres Mannes fertig war.

"Ja, Herrin", informierte er und trat um die Theke herum, damit sie die Ausbuchtung in seiner Hose sehen konnte.

"Sechzig Sekunden", sagte sie zu ihm, zog ihr Handy aus der Tasche und startete den Timer.

Patrick rannte ins Hinterzimmer, öffnete seine Hose und versuchte für sie zu wichsen.

Als er in der vorgegebenen Zeit keinen Orgasmus erzeugen konnte, winkte sie mit dem Finger im Kreis und deutete an, dass sie sich umdrehen sollte.

Sechs weitere Schläge brachten die Hitze, das Brennen und den Stich in seinen belagerten Arsch zurück.

"Geh noch einmal", sagte sie und stellte die Uhr zurück.

Er nahm sechs weitere Treffer für vermisst.

Patrick war fest entschlossen, sein Spiel zu gewinnen und tat sein Bestes, um am Rande eines Orgasmus zu bleiben.

Er rieb sich die Vorderseite seiner Hose und blieb hart und bedürftig.

Wenn es Kunden gab, rieb er sich an der Theke und hoffte, seinen Vorteil zu behalten.

Aber er machte den Fehler zu kommen, als Katy eine ihrer zugewiesenen Pausen einlegte.

Nachdem sie auf ein paar Kunden gewartet hatte, wurde ihr Verstand mitgerissen.

Als Katy zurück in den Laden kam, überprüfte sie die Vorderseite des Ladens, holte ihr Handy heraus und sagte: "Sechzig Sekunden."

Als er es versuchte, stellte er fest, dass es die Mühe nicht wert war.

Er nahm seine Prügel und lernte seine Lektion: Um bereit zu sein, muss man bereit bleiben!

***

Er beendete den Arbeitstag ohne weitere Prügel oder eine weitere Herausforderung von zweiundsechzig Sekunden.

Er war nervös, sein Schwanz war geschwollen und bedürftig und es tat mehr weh als sein Arsch nach einer seiner Prügel.

Bevor sie ging, streichelte Katy die Ausbuchtung in ihrer Hose.

"Armes Baby. Du siehst bereit aus zu explodieren."

Auf Zehenspitzen drückte sie ihm einen Kuss auf die Lippen und ging.

Bevor er die Tür schloss, fügte er hinzu:

"Denk dran, es gibt keine Orgasmen ohne Erlaubnis."

# KAPITEL 10

Katy hatte am nächsten Tag frei.

Patrick arbeitete mit einem der anderen Mitglieder seines Teams im Laden und trug eine Schürze, um seine Erektion zu verbergen.

Er wollte nicht hart sein.

Er versuchte nicht, hart zu werden.

Aber sein Bedürfnis war zu groß.

Einfache Dinge beschleunigen Ihre Fantasie.

Er schickte seinen Angestellten früh nach Hause und schloss den Laden alleine.

Sie fühlte sich besser in der Kontrolle und arbeitete ein bisschen Papierkram durch, bevor sie nach Hause ging.

* * *

Als er nach Hause kam, sah er Katys Vorräte auf dem Esstisch liegen und hatte eine großartige Reaktion.

Sein Schwanz verhärtete sich, als er sich auszog und er fühlte sich allein.

Verdammt, war es so schnell unter ihre Haut gekommen?

* * *

Er verbrachte eine unruhige Nacht vor dem Fernseher und wollte, dass sie anrief oder vorbeikam.

Sie hat es nicht getan.

Er war besorgt, dass sie ihn bestrafen würde.

Er war besorgt, dass sie das Interesse verloren hatte.

Er überlegte, ob er sie anrufen oder eine SMS schreiben sollte, entschied aber, dass er es nicht tun sollte.

Sein Schwanz saß nackt auf seiner Couch und blieb hart.
Sie fühlte sich sehr einsam und ging um elf ins Bett.

# KAPITEL 11

Am Freitagmorgen kam Katy zwei Minuten vor der Eröffnung zur Arbeit.

"Hallo, Mr. Adams", strahlte sie, so voller Freude wie immer.

"Guten Morgen Herrin", sagte sie, froh, dass sein Schwanz hart für sie war.

Katy schoss an ihm vorbei, überprüfte die Registrierkasse und half beim Rest der Eröffnung.

"Es scheint ein guter Tag zu sein, denkst du, wir werden beschäftigt sein?"

"Wahrscheinlich", sagte er.

"Ich denke, ich werde an den Fenstern beschäftigt sein", sagte sie und hob den Hocker, das Fensterspray und den Stapel Papierhandtücher auf, den sie brauchen würde.

Die Fensterreinigung war am Freitagmorgen eine regelmäßige Aufgabe.

Patrick mochte es, dass der Laden vor dem Wochenende sehr sauber aussah.

"Es sei denn, du hast noch etwas, was ich tun soll?"

"Wie du willst, Herrin."

Sie lächelte ihn an und ging zur Arbeit. Er fragte sich, was los war.

Hatte er sein Spiel aufgegeben?

***

Der sonnige Frühlingstag zog Kunden an.

Bald waren sie damit beschäftigt, den Abfüllstab wieder aufzufüllen, die Maschinen für gefrorenen Joghurt zu überwachen und aufzuräumen, nachdem die Kunden gegangen waren.

Patrick dachte die ganze Zeit nach und wollte Katy fragen, ob die Dinge zwischen ihnen in Ordnung seien, aber er konnte die Worte nicht finden.

Er fragte, bevor er eine Pause machte, es dauerte nur eine halbe Stunde und schlug dann vor, dass er auch eine machen sollte.

Patrick brauchte keine Pause, aber er wollte die Herrin nicht enttäuschen.

Er saß eine halbe Stunde in ihrem Auto, sein Schwanz war gespannt auf die Aufmerksamkeit, die sie ihm nicht zahlen wollte.

# KAPITEL 12

Am Freitag und Samstag blieb der Laden bis neun Uhr geöffnet.

Um vier Uhr erschien die zweite Schicht.

Als er sah, dass Katy bereit war zu gehen, trat Patrick in das Hinterzimmer und wartete auf einen Hinweis darauf, was los war.

Sie blieb vor ihm stehen, sah in die feste Innenseite seiner Hose und lächelte.

Er rieb den Klumpen und sagte:

"Wir sehen uns heute Abend."

* * *

Gegen Mitternacht hörte Patrick auf, daran zu denken, sie heute zu sehen.

Er schaltete den Fernseher aus und begann seine nächtliche Routine.

Sein harter Schwanz schmerzte, pochte und verlangte Aufmerksamkeit, aber er weigerte sich, ihn zu bezahlen.

Er bereitete gerade die Kaffeekanne für den Morgen vor, als er in seiner Einfahrt einen Scheinwerferblitz sah.

Er lächelte und fragte sich, wo er sein sollte, als sie eintrat.

Soll ich den Fernseher wieder einschalten und beiläufig handeln?

Sollte es an der Tür sein?

Er verließ das Café und beschloss, vor ihrer Tür zu knien.

Eine betrunkene Katy öffnete die Tür weit.

Sie stolperte mit drei Männern in ihrem Alter hinein.

"Scheiße", sagte ein blonder Mann mit dem Arm um Katy, als er Patrick auf dem Boden knien sah.

Er war der einzige Nüchterne der Gruppe.

"Hast du gedacht, er lügt?" Fragte Katy und streichelte Patricks Haar.

"Was zum Teufel!" sagte ein muskulöser junger Mann mit dunklen Haaren.

"Hey, hat dein Sklave etwas zu trinken?" fragte der dritte Mann und war der letzte, der eintrat. Er blieb an der Tür stehen. "Freund, du bist nackt!"

"Okay, das ist offiziell komisch", sagte der Blonde und sah unsicher aus.

"Scheiß drauf, Ben. Katy hat gesagt, es wäre seltsam", sagte der dunkelhaarige Junge.

"Ja, aber verdammt", beharrte Ben, hielt Katys Taille, sah aber Patrick an.

"Nackte Jungs stören dich?" Fragte Katy ihn.

"Es ist einfach komisch. Kannst du sie dazu bringen, sich anzuziehen oder so?"

"Ich könnte, aber ich mag es so."

"Hast du ihn gefickt?" fragte der muskulöse dunkelhaarige Junge.

"Ich ficke mit ihm", lachte Katy. "Schau mal damit."

Nachdem sie Patrick an die Wand gestellt hatte, fing sie an, Wäscheklammern an seinen Bällen anzubringen.

"Oh Scheiße, das muss weh tun!" sagte der letzte Mann in Patricks Haus, wand sich und griff instinktiv nach seinen Bällen.

"Willst du es versuchen?" Sie hat ihn gefragt.

"Auf keinen Fall!"

"Komm schon Joe. Lass mich deine Eier festklemmen", spottete der dunkelhaarige Junge.

"Fick dich, Tom. Mach es selbst."

"Also, muss es tun, was du sagst?" Fragte Ben, die nüchterne Blondine.

Er sah immer noch mit großen Augen.

"Alles", sagte sie und lächelte ihn an.

In seinen Augen lag ein Anflug von Befriedigung, der Patrick ein gutes Gefühl gab.

"Lass ihn wichsen und es essen", sagte Tom, der muskulöse Typ.

Katy drehte sich zu dem dunkelhaarigen Mann um und packte ihn am Schritt.

"Sag mir nicht, was ich tun soll, Tom, sonst stehst du neben ihm."

Tom verzog das Gesicht.

"WOW Baby, entspann dich. Ich versuche nur ein bisschen Spaß zu haben."

"Ich auch", sagte Katy und hielt seinen Griff einen Moment länger fest, bevor sie ihn losließ.

Tom trat einen Schritt zurück und sah sie vorsichtig an.

Patrick grinste.

"Aber wenn sie dich darum bitten würde, würdest du es tun, oder?" Fragte Ben Patrick, seine Augen wanderten schließlich von Patricks Schritt weg.

Es war eine Vermutung von seiner Seite, aber Patrick antwortete nicht.

Katy dachte einen Moment darüber nach, lächelte und nickte ihm diskret zu.

"Er gehört mir, Ben, nicht dir", sagte er zu der Blondine.

Er entfernte die Klammern von Patricks Bällen, drehte sich um und sah das Männertrio an.

"Okay, wer will ficken?"

"Ich muss eine Frau lieben, die weiß, was sie will", sagte Joe.

"Sieht so aus, als hätten wir einen Gewinner", sagte Katy, schob Joe vor sich in Patricks Zimmer und zog Patrick an seinem harten Schwanz hinter sich her.

"Wirst du sie beide ficken?" Fragte Ben.

"Vielleicht", sagte Katy.

Als sie den kurzen Flur entlang gingen, hörte Patrick, wie sein Fernseher zum Leben erweckt wurde, als Ben und Tom anfingen zu lachen.

Katy lehnte Patrick am Fußende ihres Bettes gegen die Wand.

"Musst du schauen?" Fragte Joe.

"Wen interessiert das?" Sagte Katy und drückte sich gegen den Mann.

Während sie ihn küsste, schob sie ihre Hand zu einer ihrer Titten.

Alle Bedenken, die Joe wegen Patrick hatte, verschwanden.

Joe und Katy hatten Sex zusammen.

Sie haben es vermasselt, aber Patrick wusste nicht, wie er es beschreiben sollte.

Es gab keine Zuneigung, Liebe oder Leidenschaft für das, was sie taten.

Katy riss Joes Kleidung auf, zog ihn aus und rieb seinen harten Schwanz, während er seine Kleidung auszog.

"Ich möchte das essen", sagte sie und umfasste ihre nackte Muschi.

"Ich will das versauen", beharrte Katy und schob den Mann zurück auf das Bett.

Sie kletterte auf ihn, führte seinen harten Schwanz in ihre Muschi und hüpfte.

"Du bist so verrückt wie Scheiße", sagte er und packte ihre frechen Titten.

"Halt einfach die Klappe und beweg dich", sagte er.

"Ich kann nicht durchhalten", stöhnte er.

Er sah Patrick an, sah aber schnell weg.

Ihr Ficken dauerte ein paar Minuten.

"Komm in mich hinein", sagte Katy zu ihm. "Ich will es fühlen."

"Oh ja. Scheiße ja!" Sagte Joe mit seinen Händen auf seinem Arsch.

Patrick sah zu, wie das Vergnügen des Mannes ihn verzehrte.

Sie sah zu, wie Joe sich losließ und seinen Orgasmus in ihr auslöste.

"Oh verdammt ja!"

Katy rollte von ihm herunter.

Sie lag neben ihm und küsste ihn.

"Danke", schnurrte er.

"Gib mir eine Minute und wir können es wieder tun."

"Vielleicht später", sagte er und nickte zur Tür.

"Wirklich?"

"Ich sagte, ich wollte ficken, das stimmt. Wir haben gefickt. Jetzt fick dich", sagte er zu ihr.

Joe sah verwirrt aus, aber er stand auf, zog Unterwäsche und Jeans an und sah sie an.

"Du bist ein Freak", sagte er.

"Du hast wahrscheinlich recht. Mach die Tür hinter dir zu."

Als er ging, sah sie Patrick an.

"Mach mich sauber."

Patrick kniete sich neben ihr Bett und zögerte nicht, seinen Mund gegen ihre gebrauchte Muschi zu drücken.

Er kümmerte sich nicht um Joes Orgasmus.

Stattdessen freute er sich, dass er der Herrin gefallen durfte.

Er leckte, leckte und saugte an ihrer rasierten Muschi und freute sich darüber, wie sie sich unter ihm krümmte.

Er gab ihr den Orgasmus, den sie mit Joe nicht hatte.

"Genug", sagte sie und drehte den Kopf weg.

Sie zeigte auf den Fuß des Bettes.

Patrick brauchte keine weiteren Anweisungen.

Er stand an der Wand, sein harter Schwanz tropfte von Precum, als sie nackt aus ihrem Zimmer stürmte.

"Wer ist der nächste?" er hörte sie fragen.

Im anderen Raum schien es einen Streit zu geben, bevor Ben Katy folgte.

Er schaute zwischen Katy und Patrick hin und her.

Selbst als Katy ihn auszog, starrte Ben Patrick weiter an.

"Du bist nicht schwer", sagte sie und rieb es.

"Was wirst du machen?" Fragte Ben.

Katy konzentrierte sich auf Bens weichen Schwanz.

Er bedeutete Patrick, näher zu kommen.

Mit einer Hand auf seiner Schulter drückte sie ihn nach unten.

"Er wird deinen Schwanz lutschen, während wir uns küssen", sagte sie. "Sobald du hart bist, kannst du mich ficken."

Sie packte Bens Gesicht und presste ihre Lippen auf seine.

Er hielt eine Hand um seinen Hinterkopf und schob Patricks Kopf nach vorne.

Patrick öffnete den Mund und nahm den schlaffen Schwanz des jungen Mannes zwischen die Lippen.

Ben war nicht hart, aber er war auch nicht weich.

Sein Schwanz war voll, aber nicht voll genug, um hart zu sein.

Als Patrick saugte, spürte er, wie der Schwanz des Mannes wuchs.

Er hörte die beiden in den Mund stöhnen, als Bens Schwanz seine Stärke fand.

"Willst du ficken oder willst du in ihrem Mund landen?"

"Okay", sagte Ben und sah sie mit dem gleichen Ausdruck an, den er seit ihrer Ankunft getragen hatte. "Wenn ich fertig bin, während er mich saugt, macht mich das schwul?"

"Nicht du, aber es macht dich zu einem Hurensohn", sagte Katy lachend.

Sie drückte Patricks Gesicht gegen Bens Schritt und küsste den Mann erneut, so dass Patrick ihn erledigen musste.

Patrick wusste nicht, was ihn erwarten würde.

Er dachte nie daran, einen Schwanz zu lutschen.

Er spürte ein warmes Erröten auf seinem Gesicht, als Katy darauf hinwies, dass er jetzt ein Hurensohn war, aber es ging schnell vorbei.

Er mochte es, seinen Schwanz lutschen zu lassen und versuchte zu tun, was er ihm gerne antat.

Sie rollte ihre Zunge über und um den Kopf des Schwanzes des jungen Mannes.

Er schüttelte den Kopf von einer Seite zur anderen und wusste, dass es sich gut anfühlte, wenn es ihm angetan wurde.

Sie spürte den Schwanz des Mannes, das war interessant, und sie erkannte, dass der Mann bald einen Orgasmus in ihrem Mund erreichen würde.

Da sie nicht wusste, wie sie sich auf die Erfahrung vorbereiten sollte, hielt sie ein konstantes Tempo und wartete auf ihn.

Als es passierte, überraschte ihn die Kraft des ersten Strahls gegen den Gaumen, würgte ihn aber nicht.

Das Sperma des Mannes hatte einen leicht sauren Geschmack, aber es war nicht unangenehm.

"Glaubst du, wir können auch ficken?" Fragte Ben.

"Ein Orgasmus für jeden Kunden", sagte Katy und zog sich von Ben zurück. "Ich muss pinkeln", sagte er und ging aus dem Raum.

"Hast du das schon mal gemacht?" Fragte Ben und zog seine Hose an.

"Nein", sagte Patrick.

"War es komisch?"

"Nicht wirklich. Es war gut."

Bens Augen kehrten zu Patricks hartem Schwanz zurück.

Er warf einen Blick auf die offene Tür, zuckte die Achseln und zog sich fertig an.

"Bis später, Freund", sagte er.

* * *

Patrick stand am Fußende des Bettes, während Katy und Tom zur Arbeit gingen.

Tom war betrunkener als Joe.

Sobald er nackt war, machte es ihm nichts aus, dass Katy kein Vorspiel hatte.

Er schlug Katy auf den nackten Arsch.

"Bist du dafür bereit?" Ich frage.

"Mach weiter", sagte er und ließ sich zurück auf das Bett fallen.

"Okay", sagte er und öffnete die Vorderseite seiner Hose.

Ohne seine Hose mehr als seinen Hintern zu senken, fiel er auf Katy und fing an, sie zu ficken.

"Tu es, du verdammter Hengst. Komm für mich."

"Oh ja, Baby. Ich werde es tun", versprach er.

Er bewegte sich schneller und schüttelte Patricks Bett, hielt aber nicht länger als Joe, bevor er seinen Rücken krümmte und kam.

"Wie war das Baby?"

"Durchschnittlich", sagte sie und zog ihn von sich weg.

"Oh ja? Gib mir eine Minute und ich werde es dir wieder zeigen", sagte sie, setzte sich auf das Bett und kratzte an ihren Titten.

Katy riss ihre Hand weg.

"Du hattest deine Chance. Jetzt verpiss dich."

"Warum dann mit ihm?"

"Vielleicht", sagte sie. "Es sei denn, du willst es zuerst selbst versuchen."

"Fick dich", sagte Tom, stand auf und zog seine Hose hoch. "Soll ich Joe zurückschicken?"

"Nein, ich bin fertig. Geh nach Hause."

"Ah, sei nicht so, Baby."

"Sei nicht wie was?"

"Ich weiß nicht, eine Schlampe?"

Katy sprang mit einer Welle winkender Hände vom Bett und schlug den viel größeren Mann.

"Wie zum Teufel hast du mich genannt?"

"Hey, hey, hey! Ich habe nur Spaß gemacht", sagte er und zog sich zurück.

"Geh raus!" schrie sie und folgte ihm den Flur entlang. "Sie alle. Verpiss dich."

Patrick hörte einige verwirrte Einwände.

Er ging in den Flur und stand mit verschränkten Armen hinter der Herrin.

"Du hast die Frau gehört. Verpiss dich, bevor ich an der Reihe bin, dich zu ficken."

Das schien die jüngeren Männer davon zu überzeugen, dass es Zeit war zu gehen.

"Verdammte Schwuchtel!" Schrie Tom, der letzte aus der Tür.

# KAPITEL 13

"Gute Arbeit", sagte Katy, drehte sich um und lächelte ihn an.

Sie zog an seiner Hand und führte ihn zu ihrer Couch.

Er schaltete den Fernseher aus, setzte sich auf und spreizte die Beine.

"Willst du immer noch diese Muschi essen?"

Ein Teil von Toms Sperma war aus ihrer Muschi gesickert und lief über ihren Oberschenkel.

"Ja, Herrin", sagte Patrick kniend.

Er hielt ihr Kalb fest und begann ihren Oberschenkel zu lecken. Seine Zunge fuhr über die Länge des Spermas.

Er nahm sich Zeit und leckte den Rest ihrer rasierten Muschi, bevor er seine Zunge zwischen ihren Unterlippen vergrub.

Katy wand sich und stöhnte immer wieder vor Vergnügen, bevor sie ihn aufhielt.

"Genug", sagte sie und schob ihn weg.

Sie wiegte sein nasses Gesicht und dachte einen langen Moment über ihn nach.

Sie beugte sich vor, küsste ihn und drückte ihre Zunge in seinen Mund.

"Du magst das, nicht wahr?"

"Ich mag dich, Herrin", gab er zu.

"Setz dich", sagte er und streichelte die Couch neben sich.

Er beugte sich vor und hob eine Pinzette auf dem Kaffeetisch auf.

Sie legte sie an ihre Brustwarzen, bevor sie ihr Bein über ihn schwang und ihn rittlings anstarrte.

Sie positionierte sich gerade so lange, bis ihre warme, feuchte Muschi um seinen harten, schmerzenden Schwanz glitt.

Sie ließ sich auf ihm nieder und bewegte sich nicht.

Sein Schwanz pochte wie wild in ihr und drohte nur durch das Gefühl von ihr um ihn herum zum Orgasmus zu kommen.

Katy streichelte sein Gesicht.

"Du hast seinen Schwanz gelutscht." Er nickte. "Du weißt, das macht dich zu einer Schwuchtel, oder?"

"Ihr Wille, Frau."

Sie küsste ihn.

"Ich glaube ich glaube dir."

"Die Herrin sollte", sagte er, sicher, dass er eine Grenze überschritt, indem er es sagte, aber sie belohnte ihn mit einem weiteren Kuss.

Sie sah ihn wieder an und legte ihre Hände auf seine Schultern.

Langsam erhob sie sich einmal von ihm, bevor sie sich wieder niederließ.

Wieder pochte sein Schwanz tief in Not.

"Ich wollte das schon lange", sagte er zu ihr. "Seit vor Beginn unseres Spiels."

Patrick sah sie an und wusste nicht, was er sagen sollte.

Er entschied, dass es am besten war, zu schweigen und tat es.

Sie stand von ihm auf und wieder auf und lächelte, als sein Schwanz wieder pochte.

"Wie oft glaubst du, kann ich das tun, bevor du kommst?"

"Nicht viele", gab er zu.

"Wenn ich einem dieser Jungs gesagt hätte, er soll dir in den Arsch ficken, hättest du dann aufgehört?"

"Ja, Herrin. Dein Wille. Immer."

"Wie fühlt sich das an?"

Wieder stand sie auf und fiel.

"Gib dich so vollständig hin. Wie fühlt es sich an?"

"Paradiesisch."

"Was ist, wenn ich dich jetzt verlasse?" fragte sie und zog sich zurück.

Sie schob ihn zurück und saß näher an ihren Knien, als sein harter Schwanz in der Luft tanzte.

"Wäre es grausam, wenn ich dich so hart verlassen würde?"

"Dein Wille."

"Soll ich die Schaufel wieder benutzen?"

"Dein Wille."

"Und würde es dir nichts ausmachen? Brauchst du keinen Orgasmus?"

"Nicht so sehr, wie ich denke, dass ich das brauche", sagte sie, nickte ihren Nippelklemmen zu und meinte alles.

"Erklären Sie sich."

"Ich fühle dich überall. Immer."

"Noch heute, als ich dich ignoriert habe?"

"Besonders heute. Ich war verwirrt, ich hatte Angst, dass du mich nicht liebst, aber das hat nichts für mich geändert."

Lachend ging sie über ihn hinweg.

"Sie haben heute wirklich hart gearbeitet."

Sein Schwanz pochte mit neuer Kraft.

Er war froh, dass sie es bemerkt hatte.

"Wegen dir, Herrin. Dank dir war ich gestern auch hart."

Sie lachte wieder.

"Ich weiß. Ich habe es gehört. Sie haben einen guten Ruf, ein Problem zu haben."

"Ja. Du, Herrin."

"Das ist für mich", sagte sie, stand auf und fiel auf ihn. "Hör nicht auf. Gib es mir. Ich will das. Ich möchte das Gefühl haben, dass du für mich in mich kommst."

Sie fickte ihn mit langen, langsamen Stößen; als würde sie das Gefühl von ihm genießen.

"Tu es", schnurrte sie. "Komm zu mir."

Wie auf Befehl, obwohl wahrscheinlich aus akkumuliertem Bedarf, tat Patrick es.

Er kam mit einer Kraft und Befriedigung, die seine Zehen kräuselte.

Er sah, wie sie ihn beobachtete und ihn studierte, während ihr Orgasmus durch ihren Körper wirkte.

"Scheiße, das war heiß", sagte sie, als er sich entspannte und für den Moment verbrachte.

Sie griff zwischen sie, rieb seinen Kitzler und brachte sich zu einem Orgasmus, den er wie eine Reihe rhythmischer Quetschungen um seinen immer noch harten Schwanz fühlte.

"Kannst du es nochmal machen?"

"Ich denke schon", sagte er und wand sich unter ihr.

Katys Körper war so gut und ihr Bedürfnis war so groß, dass sie das Gefühl hatte, es in dieser Nacht noch hundert Mal tun zu können und es immer noch tun zu wollen.

Sie bewegte sich auf und ab und erfreute ihn.

"Du bist bereit?"

Er fühlte sich wie ein Achtzehnjähriger und nickte.

"Ich denke ich bin."

"Nein, Schlampe. Denk nicht nach. Sag es mir. Bist du bereit? Kannst du mich ein zweites Mal füllen?"

"Ja", sagte er und fühlte einen beruhigenden Puls von seinem Schwanz.

"Gut", sagte sie und schwankte noch ein paar Mal über ihn, bevor sie anhielt.

"Verdammt, das ist gut", schnurrte sie mit geschlossenen Augen.

Sie stand still und atmete langsam und tief durch.

"Okay", sagte sie und öffnete die Augen. "Es geht mir gut."

Patrick lächelte, nicht sicher, was er meinte, fand es aber amüsant.

Es schien, als wollte er sich zusammensetzen.

Sie schüttelte den Kopf und warf ihr dunkles Haar über die Schultern, bevor sie die Wäscheklammern von ihren Brustwarzen entfernte.

Sie rieb sich die Brust, als würde sie den Schmerz beseitigen.

"Ist es okay, wenn ich dich Patrick nenne?" Sie fragte.

Es war das erste Mal, dass er hörte, wie sie seinen Vornamen benutzte.

"Ihr Wille, Frau."

Katy schüttelte den Kopf.

"Nein, so meine ich das. Ich meine, kannst du für einen Moment Patrick sein und ich bin nur Katy?"

"Ich denke", antwortete er verwirrt.

"Nein, ich meine es ernst. Dies ist kein Befehl, dies ist nur eine Frage. Ich möchte nur für eine Minute Katy und Patrick sein. Können wir das tun?"

"Ja, ich nehme an", wiederholte er. "Ein seltsamer Moment."

"Ich weiß", sagte sie und wirkte nervös. "Aber es ist wichtig und ich möchte die richtige Antwort." Er nickte. "Wenn du mein Sklave bist, gibt es etwas, das du nicht für mich tun würdest?"

"Töte jemanden", sagte er achselzuckend. "Aber das ist nicht wirklich ein Sexspiel, oder?"

"Richtig. So meine ich das. Sexuell. Gibt es etwas, das du als mein Sexsklave nicht tun würdest?"

"Mir fällt nichts ein", sagte er und sein Schwanz pochte in Übereinstimmung mit ihm.

"Warum?"

"Weil es Spaß macht?" er bot an.

"Macht es Spaß, verprügelt zu werden?"

"In gewisser Weise", sagte er. "Ich meine, es tut weh, aber du tust es aus einem Grund. Es tut mehr weh, wenn ich dich im Stich lasse."

"Also, wenn ich sehen wollte, dass du von Radfahrern vergewaltigt wirst, würdest du es tun?"

"Als dein Sklave ja."

"Wie wäre es mit Patrick?"

"Entschuldigung, das kann ich nicht mögen", lachte er.

"Aber du hast seinen Schwanz gelutscht."

"Aber für die Herrin, obwohl du heiß genug bist, würde ich es wahrscheinlich auch für dich tun."

"Wirklich?"

"Wahrscheinlich nicht", gab er zu. "Vielleicht weiß ich es nicht".

Sie bewegte sich gegen ihn.

"Es ist in Ordnung?"

"Es ist höllisch heiß, aber mir geht es gut."

"Kannst du mich küssen? Ich meine, wie Patrick. Kannst du mich küssen?"

Er beugte sich vor und tat es.

Er war sich nicht sicher, was sie erwartete, also küsste er sie wie jeden Liebhaber.

Während sein Kuss blieb, schob er seine Zunge in ihren Mund und genoss den Moment.

"Wie das?"

"Ja, das war gut."

Er hatte gespürt, wie sich ihre Muschi während ihres Kusses zusammenzog.

Ohne gefragt zu werden, küsste er sie erneut.

Wie zuvor wand sie sich und ihre Muschi zuckte.

"Ich hatte einmal eine Freundin, die mir sagte, dass alle Frauen mindestens eine Affäre mit einem älteren Mann haben sollten."

"Ist selten?"

"Nein, es ist okay. Er hatte Recht. Ältere Menschen sind besser."

"Ältere Männer sind dumm für ein hübsches Gesicht."

"Nur für das Gesicht?" sie fragte und sie lachten beide.

"Nun, Gesicht und andere Dinge", sagte er und streichelte ihre langen, prallen Brustwarzen.

Als sie sich zurücklehnte und ihren Rücken krümmte, leckte, saugte und knabberte er an ihren Brustwarzen.

"Hör nicht auf", sagte sie und stand auf, um ihn zu küssen, bevor sie sich zurücklehnte, um ihm wieder ihre Brust anzubieten.

Patrick hörte nicht auf.

Er saugte an ihren Titten wie er es tun würde, wenn sie seine Freundin wäre.

Er streichelte ihren engen kleinen Arsch und fühlte das feste Fleisch ihres Arsches.

Als sie sich windete, bewegte er seine Hände zu ihren Hüften.

Sie führten sie auf und ab, küssten und fickten sie.

Im Gegensatz zu den jungen Männern, mit denen er in dieser Nacht gefickt hatte, nahm sich Patrick Zeit.

Er tat es mit Leidenschaft und nahm sie mit, als hätte er einen der Fitnesshasen im Fitnessstudio, wenn er die Chance dazu hätte.

Er war nicht überrascht, als sie kam und nicht aufhörte.

Er brachte sie zu einem zweiten Orgasmus, diesmal fand er seinen eigenen Orgasmus mit ihrem.

"Verdammt, Patrick", sagte sie und umarmte ihn. "Du bist gut."

"Du auch", sagte er und hielt sie fest, bis sich ihre Atmung wieder normalisierte.

"Ist es okay, wenn ich dusche?"

"Sicher", sagte er und ließ sie los.

"Du könntest meinen Rücken waschen, wenn du willst."

# KAPITEL 14

Gewaschen und getrocknet hielt sie seine Hand, als sie zurück ins Wohnzimmer führte.

"Wir sind immer noch Patrick und Katy, oder?" Sie fragte.

Er nickte. "Na dann ist es okay, wenn ich das richtig mache?"

Sie schob ihn auf die Couch und kletterte zurück auf seine Beine.

Sie streichelte seinen Schwanz und seine Eier, bis er wieder hart war.

Lächelnd bestieg sie ihn wieder.

"Ich bin nicht betrunken", sagte sie und küsste ihn.

"Du warst vorher."

"Ich war glücklich", gab er zu. "Aber nicht betrunken."

"Interessant."

"Glaubst du mir, wenn ich sage, dass ich jetzt nicht betrunken bin?"

Patrick nickte.

Wenn ja, war genug Zeit vergangen, damit sie sich nüchtern fühlte.

Nachdem sie sich wieder geküsst hatten, zog sie sich zurück.

"Dankeschön."

"Warum?"

"Weil ich den Unterschied zwischen echtem Patrick und Sklave Patrick spüren durfte." Sie küsste ihn. "Das bringt mich dazu, das mehr zu wollen."

"Möchte?" erkundigte er sich und fragte sich, ob sein Spiel vorbei war.

"Das", sagte sie und hob die Pinzette auf, die noch auf der Couch saß.

Sie zuckte zusammen, nachdem sie den ersten an ihrer rechten Brustwarze befestigt hatte.

"WOW", sagte sie überrascht, wie sehr es weh tat.

Er befestigte die zweite an ihrer linken Brustwarze.

Sie stieg von ihm, nahm die Schaufel und gab sie ihm.

"Jetzt bist du dran. Verprügel mich."

# ENDE

www.ingramcontent.com/pod-product-compliance
Lightning Source LLC
LaVergne TN
LVHW040952150826
845672LV00002B/653